Schreiben

Wörter und erste Texte

Nina Bode-Kirchhoff
Erika Brinkmann
Jennifer Reiske

1/2

verlag für pädagogische medien

INHALT

Teil 1: Wörter schreiben

Teil 2: Texte schreiben

Datum: ______________________

SCHREIBE DIE WÖRTER.

TIPP!

DAS SOFA ______________________

DER ______________________

DAS ______________________

DER ______________________

Datum:

SCHREIBE DIE WÖRTER.

TIPP!

DER

DAS

DER

DIE

Datum: ______________________

SCHREIBE DIE WÖRTER.

TIPP!

DAS ______________________

DER ______________________

DER ______________________

DER ______________________

____

Datum: ______

SCHREIBE DIE ROTEN BUCHSTABEN.

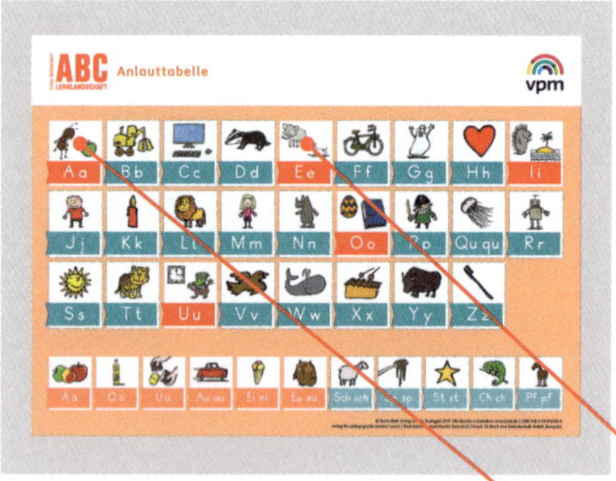

TIPP!

1x (klatschen) → 1x A E I O U / Ä Ö Ü IE / AU EI EU ÄU

DER HASE

DIE N__S__

DIE S__NN__

DER H__ND

DAS ____T__

DAS G__LD

DER K__MM

DER M __ NT __ L

DER W __ LD

DER K __ N __ G

DAS K __ NG __ R __

DAS ____ NH __ RN

DIE L __ K __ M __ T __ V __

Datum: ______________________

SCHREIBE 6 WÖRTER.

TIPP!

1x → 1x A E I O U
Ä Ö Ü IE
AU EI EU ÄU

DER HASE

 DIE ______________________

 DER ______________________

 DIE ______________________

 DER ______________________

 DIE ______________________

 DIE ______________________

 DIE ______________________

 DIE ______________________

Datum: ____________________

SCHREIBE DIE WÖRTER.

KANU ____________________ DAS 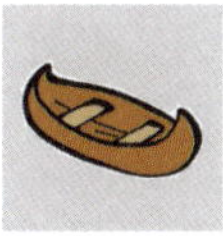

____________________ DAS 

____________________ DIE 

____________________ DAS 

____________________ DIE 

KREUZE AN.

DIESE BUCHSTABEN HABE ICH AUCH.

B R O T
□ □ □ □

B A N A N E
□ □ □ □ □ □

D O S E
□ □ □ □

A U T O
□ □ □ □

A N A N A S
□ □ □ □ □ □

KNICKE UND VERGLEICHE.

Datum: ____________

KREUZE AN.

DIESE BUCHSTABEN HABE ICH AUCH.

K A N U
☒☒☒☒

N E S T
☐☐☐☐

H O S E
☐☐☐☐

P A K E T
☐☐☐☐☐

E N T E
☐☐☐☐

KNICKE UND VERGLEICHE.

SCHREIBE DIE WÖRTER.

 DAS ____________

 DIE ____________

 DIE ____________

 DAS ____________

 DIE ____________

→ ____________ Unterschrift der Lehrkraft WEITER GEHT'S!

Datum:

MEINE LIEBLINGSWÖRTER

SCHREIBE 8 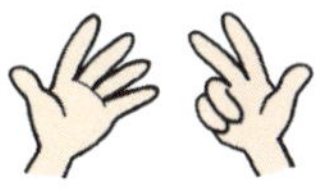 WÖRTER.

TIPP!

1 x  → 1 x A E I O U
Ä Ö Ü IE
AU EI EU ÄU

DAS PONY 

DAS AUTO 

Datum: ____________

SCHREIBE 11  WÖRTER.

TIPP!

1x  → 1x A E I O U
Ä Ö Ü IE
AU EI EU ÄU

 DER VOGEL

 2 BLUMEN

DER  ◯

DER  ◯

DER  ◯

1. 2 HASEN
2. ____________
3. ____________
4. ____________
5. ____________

DIE  ◯

2  1

DIE 

DIE 

DER 

DER 

6. ______________________________

7. ______________________________

8. ______________________________

9. ______________________________

10. ______________________________

11. ______________________________

12. ______________________________

DIE 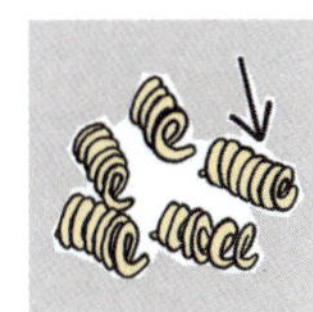

DIE 

DIE 

DER 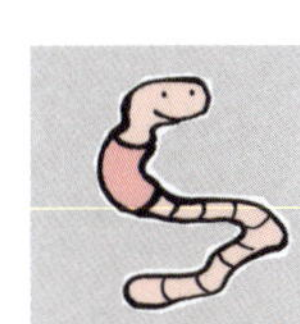

3 

DAS 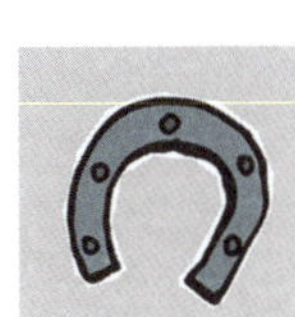

Datum: ____________

WAS IST GRÖẞER ALS EIN TISCH?

SCHREIBE 10 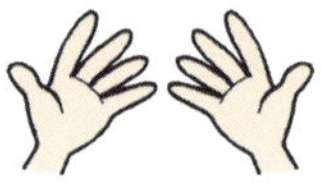 WÖRTER.

TIPP!

1x 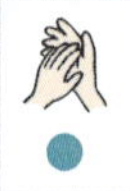 → 1x A E I O U
Ä Ö Ü IE
AU EI EU ÄU

EIN HAUS , EIN BAUM ,

EINE GIRAFFE ,

Datum: ____________________

WAS PASST IN DEINE HOSENTASCHE?

SCHREIBE 6 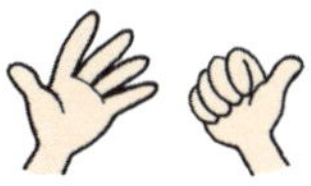 WÖRTER.

TIPP!

1 x  → 1 x A E I O U / Ä Ö Ü IE / AU EI EU ÄU

EIN REGENWURM , ____________________

EINE TASCHENLAMPE , ____________________

EINE MAUS , ____________________

____

____

____

____

____

____

____

Datum: ____________________

SCHREIBE 6 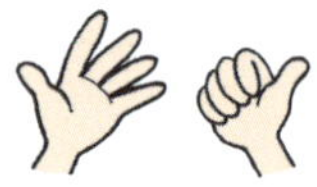 WÖRTER.

 DAS MESSER

 DAS ____________________

 DER ____________________

 DER ____________________

 DER ____________________

 DAS ____________________

 DER ____________________

 DER ____________________

 DAS ____________________

Datum: ____________________

SCHREIBE 8   WÖRTER.

 DER ____________________

 DIE ____________________

 DAS ____________________

 DER ____________________

 DIE ____________________

 DER ____________________

 DER ____________________

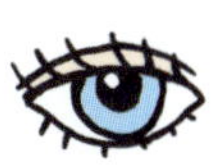 DAS ____________________

 DER ____

 DIE ____

Datum:

MEIN EINKAUFSZETTEL

SCHREIBE 8 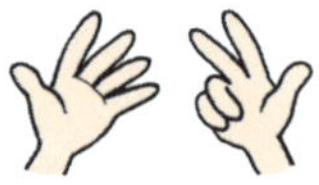 WÖRTER.

Datum: ____________________

SCHREIBE DIE WÖRTER.

KANU ____________ DAS 

____________ 3 

____________ DER 

____________ DER 

____________ DER 

____________ DIE 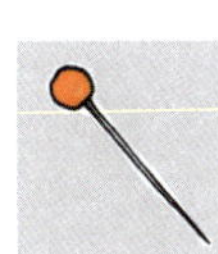

KREUZE AN.

DIESE BUCHSTABEN HABE ICH AUCH.

D O S E N
☐☐☐☐☐

A P F E L
☐☐☐☐☐

L E I T E R
☐☐☐☐☐☐

P I N S E L
☐☐☐☐☐☐

F E D E R
☐☐☐☐☐

P A P A G E I
☐☐☐☐☐☐☐

Datum: ______________

KREUZE AN.

DIESE BUCHSTABEN HABE ICH AUCH.

K A N U
☒☒☒☒

E N T E N
☐☐☐☐☐

E S E L
☐☐☐☐

L Ö W E
☐☐☐☐

B E S E N
☐☐☐☐☐

N A D E L
☐☐☐☐☐

SCHREIBE DIE WÖRTER.

 2 ______________

 DER ______________

 DIE ______________

 DER ______________

 DIE ______________

 DER ______________

______________ Unterschrift der Lehrkraft WEITER GEHT'S!

Datum:

SCHREIBE 11 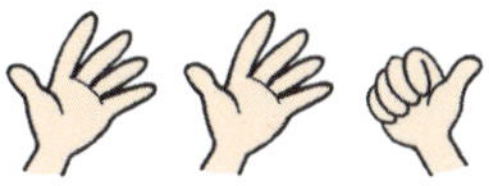 WÖRTER.

 DIE BIENE

 DER

 DER

 DAS

 DIE

 DER

 DAS

 DER

 DIE

 DER

 DER

 DIE

 DIE

 DER

Datum: ______________________

SCHREIBE 8 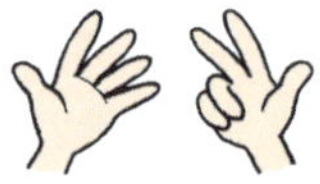 WÖRTER.

 DAS BUCH 

 DER ______________________

 DIE ______________________

 DIE ______________________

 DER ______________________

 DIE ______________________

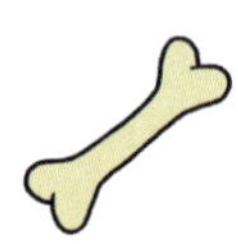 DER ______________________

 DER ______________________

 DER ______________________

DIE ______________________

 DER ______________________

Datum: ____________________

DIESES BUCH MAG ICH.

ES HEIẞT: ____

____

ES WURDE GESCHRIEBEN VON: ____________________

____

Datum: ____________________

SCHREIBE 6 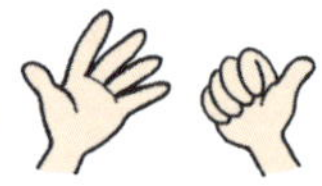 WÖRTER.

 DER RING

 DER ____________________

 DIE ____________________

 DIE ____________________

 DER ____________________

 DER ____________________

 DIE ____________________

 DIE ____________________

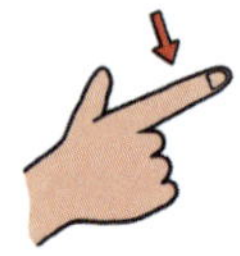 DER ____________________

Datum: ______________________

DIESE SENDUNG MAG ICH.

SIE HEIẞT: ______________________

____

DARUM GEHT ES: ______________________

____

____

Datum: ____________________

SCHREIBE 17 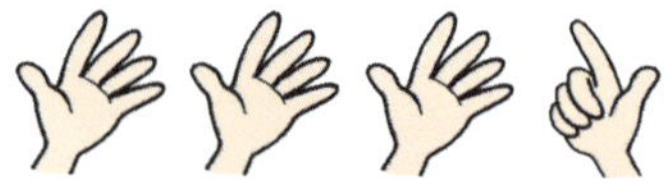 WÖRTER.

DAS  (1)

DAS 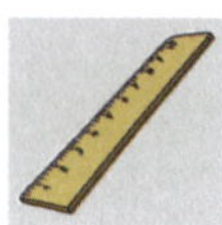 ( )

DIE  ( )

DAS  ( )

DIE  ( )

DAS  ( )

1. DAS MOTORRAD
2. ____________________
3. ____________________
4. ____________________
5. ____________________
6. ____________________
7. ____________________
8. ____________________
9. ____________________
10. ____________________

DIE  ( ) DER  ( )

DIE 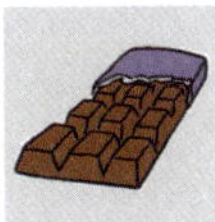 ◯ DER  ◯ DER  ◯

11. ______________________________ DAS  ◯

12. ______________________________

DER  ◯

13. ______________________________

14. ______________________________

DAS  ◯

15. ______________________________

16. ______________________________

DAS 

◯

17. ______________________________

DAS  ◯

18. ______________________________

19. ______________________________

DIE 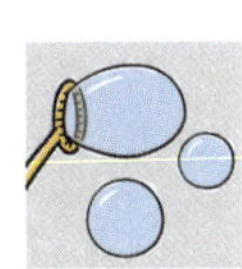 ◯

20. ______________________________

DER  ◯ DIE  ◯ DER  ◯

Datum:

WOMIT SPIELST DU GERNE?

SCHREIBE 8 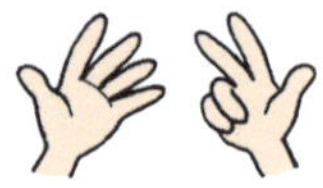 WÖRTER.

Datum:

SCHREIBE DIE WÖRTER.

KANU DAS 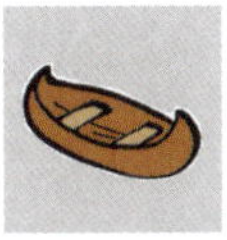

DAS 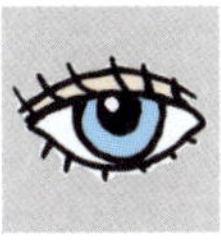

DER 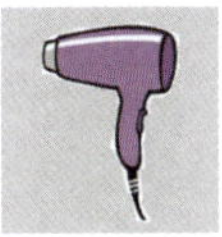

DIE 

DER 

DIE 

KREUZE AN.

DIESE BUCHSTABEN HABE ICH AUCH.

B Ü C H E R
☐☐☐☐☐☐

R I N G
☐☐☐☐

B E U L E
☐☐☐☐☐

T A U C H E R
☐☐☐☐☐☐☐

D U S C H E
☐☐☐☐☐☐

S T I F T
☐☐☐☐☐

Datum: ______________________

KREUZE AN.

DIESE BUCHSTABEN HABE ICH AUCH.

SCHREIBE DIE WÖRTER.

K A N U
☒☒☒☒

 4 ______________________

A U G E
☐☐☐☐

 DER ______________________

F Ö N
☐☐☐

 DIE ______________________

S P U R
☐☐☐☐

 DER ______________________

E I S B Ä R
☐☐☐☐☐☐

 DIE ______________________

Z U N G E
☐☐☐☐☐

 DER ______________________

______________________ Unterschrift der Lehrkraft

WEITER GEHT'S!

Datum:

DAS KANN ICH:

DAS WILL ICH LERNEN:

Datum:

Male weiter und schreibe.

Datum: ____________________

Male weiter und schreibe.

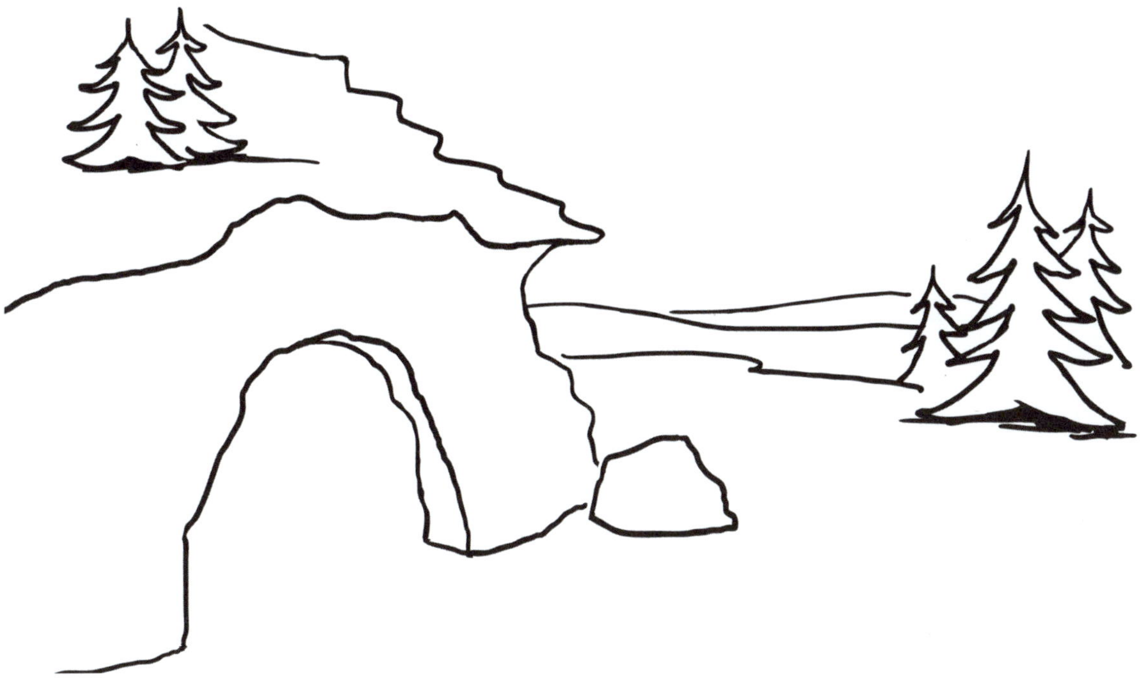

Datum: ______

Meine Geschichte

Tipp!
Sammelt
Bilder als
Schreib-Ideen!

Datum:

Wähle 3 Bilder und schreibe.

das Auto

der Dieb

der Dinosaurier

das Ei

der Hund

die Lupe

der Papagei

das Paket

Tipp!

Wenn du eine Schreib-Idee suchst, kannst du Wörter würfeln. Eine Spielanleitung findest du auf der Rückseite des Heftes.

Datum:

Male weiter und schreibe.

Datum: ____________

Markiere deine beste Geschichte mit einem Stern.

Meine ★-Geschichte: Seite ____________

Deine Lehrerin/dein Lehrer schreibt die Geschichte in Buchschrift auf.

Für die Lehrkraft: ____________

Präsentiere die Geschichte deiner Klasse.
Deine Lehrerin/dein Lehrer kann sie für dich vorlesen.

Das gefällt uns an deiner Geschichte:

Für die Lehrkraft: ____________

____________ Unterschrift der Lehrkraft Weiter geht's!

Male und schreibe.

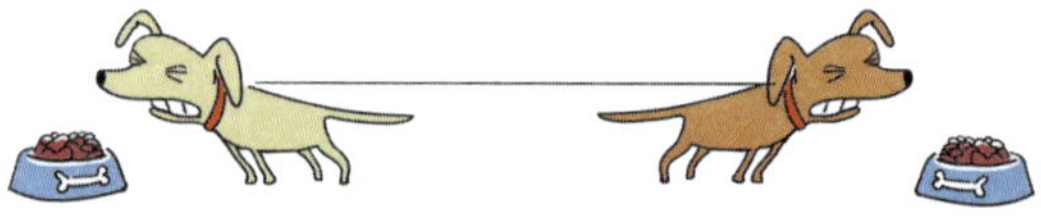

Datum:

Schreibe weiter.

Aus dem Paket kommt ein leises Rascheln.

Langsam geht die Tür auf.

Datum: ______

Die Überschrift
Eine Geschichte braucht eine gute **Überschrift**.
Eine gute Überschrift **passt** zur Geschichte und macht **neugierig** auf den Text.

Welche Überschrift gefällt dir?
Kreuze an.

- Das hungrige Krokodil ☐
- Mama ist weg! ☐
- Freunde für immer! ☐
- Die verschwundene Torte ☐
- Der missglückte Zauberspruch ☐
- Ich bin der Stärkste! ☐
- ______ ☐
- ______ ☐

Datum:

Male weiter und schreibe mit Überschrift.

Datum:

Meine Geschichte

Tipp!

Wenn du keine Schreib-Idee hast, kannst du Wörter würfeln (siehe Heftrückseite).

Lass andere raten: Ist die Geschichte wahr oder erfunden?

Datum: ____________________

Markiere deine beste Geschichte mit einem Stern.

Meine ★-Geschichte: Seite ____________

Deine Lehrerin/dein Lehrer schreibt die Geschichte in Buchschrift auf.

Für die Lehrkraft: ____

____

____

____

____

Präsentiere die Geschichte deiner Klasse.
Gibt es noch Fragen zur Geschichte?

Das gefällt uns an deiner Geschichte:

Für die Lehrkraft: ____

____

Diesen Tipp haben wir noch für dich:

Für die Lehrkraft: ____

____

→ ______________________________ Unterschrift der Lehrkraft Weiter geht's!

Datum: ______

Wörter-Sammlung

Beispiel:
Meine Wörter-Sammlung: **Hunde**
bellen, der Welpe, füttern, gefährlich …

Mein Lieblingsthema: ______

______ ______
______ ______
______ ______
______ ______
______ ______
______ ______
______ ______
______ ______
______ ______

Tipp!
Legt in der Klasse eine Liste an:
Jedes Kind trägt ein, zu welchem Thema es eine Wörter-Sammlung macht. So könnt ihr bei vielen verschiedenen Themen eure Wörter-Sammlungen verwenden.

Schreibe zu deinem Lieblingsthema.

Eine Schreib-Idee finden

Welche Schreib-Idee gefällt dir besonders gut?
Kreuze sie an.

Du wachst morgens auf und bist plötzlich unsichtbar.  ☐

Ein Haustier, das du hast oder gerne hättest.  ☐

Deine Lieblingsfigur aus einer Geschichte klingelt bei dir an der Tür.  ☐

Berichte von deinem letzten Ausflug.  ☐

Du bist ein Fußballprofi und spielst bei deiner Lieblingsmannschaft.  ☐

Vor deiner Haustür landet ein Ufo. Du steigst ein …  ☐

Beschreibe dein Lieblingsfahrzeug.  ☐

______________________________ ☐

Schreibe zu deiner Schreib-Idee.

Lass andere raten: Ist die Geschichte wahr oder erfunden?

Datum:

Ideen-Netz

Mit einem **Ideen-Netz** sammelst du möglichst viele Wörter zu einem **Thema**. Dadurch bekommst du neue Ideen und Anregungen für einen Text. Die **Wörter** können dir beim Schreiben als **Erinnerungshilfe** dienen.

Beispiel:

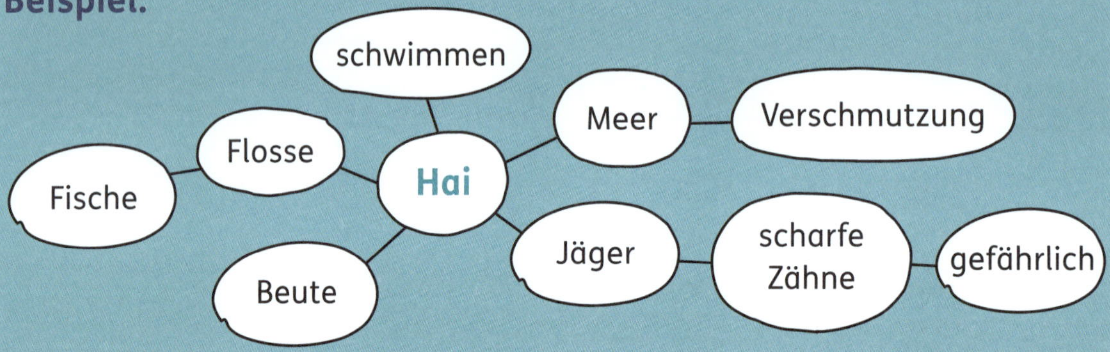

1. Schreibe das wichtigste Wort in die Mitte.
2. An die Strahlen von diesem Kreis schreibst du alle Wörter, die dir zu deinem Thema einfallen.
3. Zeichne und schreibe weiter, bis dir nichts mehr einfällt.

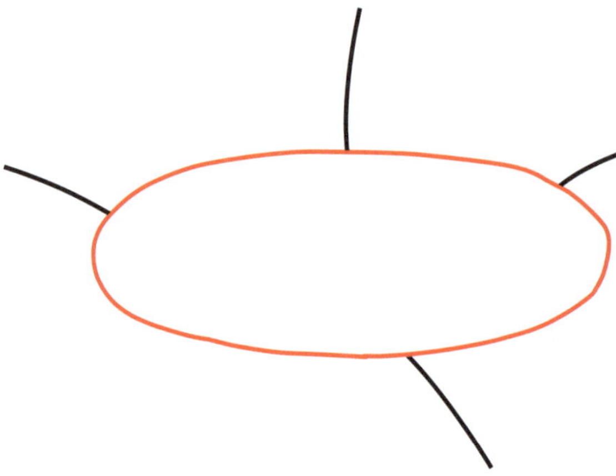

Schreibe zu deinem Ideen-Netz einen Text.

Datum: ____________________

Mein Lieblingstier

Mein Lieblingstier ist:

____

Tipp!
Suche Informationen in Büchern oder im Internet.

Wie sieht das Tier aus? ____________________

____

Wo lebt es? ____________________

Was frisst es? ____________________

____

Wie alt kann es werden? ____________________

Welche besonderen Eigenschaften hat es? ____________________

____

Warum findest du es toll? ____________________

____

Was weißt du noch über dein Lieblingstier? ____________________

____

____

Schreibe einen Sachtext über dein Lieblingstier.

Meine Geschichte

Lass andere raten: Ist die Geschichte wahr oder erfunden?

Datum: ____________________

Eine Einladung

Mit einer Einladung bittet man andere Personen, an einem besonderen Ereignis – zum Beispiel am Geburtstag oder am Klassenfest – teilzunehmen.

Lieber Linus,
ich lade dich zu meiner Geburtstagsfeier
am 19. September von 15 bis 18 Uhr ein.
Wir feiern bei mir zu Hause ein Piratenfest.
Bitte verkleiden!
Dein Jakob

Eine Einladung muss bestimmte Informationen enthalten.
Schreibe auf, was du durch diese Einladung erfährst.

Adressat: Für wen ist die Einladung? ____________________

Ereignis: Was wird gefeiert? ____________________

Ort: Wo wird gefeiert? ____________________

Datum: Wann findet die Feier statt? ____________________

Uhrzeit: Wann beginnt und endet die Feier? ____________________

Achtung: Absender: Wer lädt ein? ____________________

Besonderheiten: Sollen die Gäste etwas Besonderes anziehen? ______

____

Schreibe eine eigene Einladung.

Datum:

Markiere deine beste Geschichte mit einem Stern. Sie heißt:

1. Wähle zwei Kinder für deine Schreibkonferenz aus.
2. Lies deinen Text den Kindern vor.
   Gibt es noch Fragen zur Geschichte?
3. Bitte die Kinder um eine Rückmeldung.

Das gefällt uns an deiner Geschichte:

Diesen Tipp haben wir noch für dich:

Unterschrift Kind 1

Unterschrift Kind 2

4. Jetzt kannst du deinen Text überarbeiten.
   STOPP! Deine Lehrerin/dein Lehrer kontrolliert, ob du alles richtig geschrieben hast.
5. Schreibe deinen Text ab.
6. Präsentiere deinen Text der Klasse.

Unterschrift der Lehrkraft Weiter geht's!

Satzanfänge sammeln

Mit unterschiedlichen Satzanfängen kann deine Geschichte noch interessanter und spannender werden.

Sammle Satzanfänge!
In Büchern kannst du viele verschiedene Satzanfänge finden.

Als Nächstes ...	
Überall ...	
Erstarrt vor Schreck ...	

Tipp!
Ihr könnt in der Klasse gemeinsam ein Plakat mit euren besten Satzanfängen aufhängen. So habt ihr viele Anregungen für eure eigenen Geschichten.

Schreibe eine Geschichte.
Nutze deine Sammlung auf Seite 54, um passende Satzanfänge für deine Geschichte zu finden.

Tipp!
Falls du keine eigene Schreib-Idee hast, wähle drei Bilder aus.

Datum: ____________

Ein Bericht

In einem Bericht werden zurückliegende Ereignisse oder Erlebnisse beschrieben, zum Beispiel ein Besuch im Zoo.

Beispiel:

Unser Besuch im Zoo

Am letzten Mittwoch war unsere Klasse im Zoo.
Wir haben uns um 9 Uhr vor dem Eingang getroffen.
Zuerst sind wir ins Dschungelhaus gegangen.
Dort haben wir Schimpansen und Gorillas gesehen.
Anschließend waren wir bei den Raubtieren.
Das war unser erster Ausflug in diesem Schuljahr.
Uns allen hat es gut gefallen.

Erinnere dich an ein schönes oder aufregendes Erlebnis.
Mache dir Notizen:

Was hast du gemacht? **Was** ist passiert? ____________

____

Wer war dabei? ____________

Wann passierte es? ____________

Wo passierte es? ____________

Warum hast du es gemacht? **Warum** ist es passiert? ____________

____

Wie war es? ____________

Schreibe einen Bericht.

Tipp!

Die **W-Fragen** helfen dir, wichtige Informationen aufzuschreiben.
Manchmal gibt es nicht zu jeder **W-Frage** eine Antwort.

Meine Schreib-Idee:

Wie bist du auf diese Schreib-Idee gekommen?

Meine Text-Planung:

Was passiert in deiner Geschichte?
Du kannst malen und daneben Stichworte aufschreiben.

Meine Geschichte

Tipp!

Wichtig ist, dass du einen interessanten **Anfang** hast, damit deine Leserinnen und Leser Lust haben weiterzulesen.
Beachte am **Schluss**:
Merkt man, dass die Geschichte nun zu Ende ist?
Oder fehlt noch etwas?

Datum: ______________

Mein Gedicht

In vielen Gedichten findest du Wörter, die sich **reimen**.
Diese Wörter klingen hinten gleich, wie **Haus** und **Maus**.
Mit solchen Reimwörtern kannst du ein kurzes Gedicht schreiben.

Welches Reimwort fehlt?
Ergänze die folgenden Verse.

Der Hund, der Hund,
der bellt ganz ohne ______________.

Der Hase stellt die Löffel auf,
und das sogar im Dauer ______________.

Der Dachs mag seine Streifen sehr,
am liebsten hätte er noch ______________.

Schreibe selbst ein kurzes Gedicht.
Die Reimwörterpaare können dir helfen.

____

____

____

____

Datum:

Mein Akrostichon

Das Akrostichon ist eine griechische Gedichtform.
Von einem Wort oder Namen werden die **Buchstaben untereinander** geschrieben.
Mit diesen Buchstaben fangen dann **Wörter** oder Sätze an, die zu diesem Namen oder Wort **passen**.

Welle
Angenehm
Segeln
Seestern
Ebbe
Rauschen

Tennis
Igelhaar
Makkaroni

Schreibe die Buchstaben von deinem Namen untereinander.
Suche zu jedem Buchstaben ein Wort, das für dich wichtig oder typisch ist: was du gerne magst, tust oder isst …

Tipp!
Wenn dir kein Wort einfällt, kannst du im Wörterbuch nachschlagen.

Datum: ____________

Schreibe weiter

1. Lies die Geschichte.
2. Denke dir eine passende Überschrift aus.
3. Schreibe die Geschichte weiter.

____

Es war einmal ein kleiner Zauberer.
Er wohnte allein und langweilte sich oft.
Deshalb ärgerte er die Tiere.
Der Giraffe zauberte er einen kurzen Hals.
Nun konnte sie keine Blätter mehr von den Bäumen fressen.
Die Maus zauberte er ganz groß.
Nun passte sie nicht mehr in ihr Loch.
Viele andere Tiere waren auch schon verzaubert.
Eines Tages wurde es den Tieren zu viel.
Sie wollten sich nicht länger ärgern lassen.
Zusammen überlegten sie lange, was sie tun könnten.
Da hatte der Dachs eine Idee. ...

____

____

____

____

____

____

____

Datum:

Markiere deine beste Geschichte mit einem Stern. Sie heißt:

1. Wähle zwei Kinder für deine Schreibkonferenz aus.
2. Lies deinen Text den Kindern vor.
3. Sprecht über den Text:
   - Steht alles Wichtige im Text, sodass man ihn gut verstehen kann?
   - Kann man sich gut vorstellen, was in der Geschichte passiert?

Das gefällt uns an deiner Geschichte:

Diesen Tipp haben wir noch für dich:

Unterschrift Kind 1 | Unterschrift Kind 2

4. Jetzt kannst du deinen Text überarbeiten.
   STOPP! Deine Lehrerin/dein Lehrer kontrolliert, ob du alles richtig geschrieben hast.
5. Schreibe deinen Text ab.
6. Präsentiere deinen Text der Klasse.

Unterschrift der Lehrkraft Weiter geht's!

Datum: ______________________

Schreiben zu zweit

Manche Texte kann man gut zu zweit schreiben. Dann kann man gemeinsam überlegen, wo die Geschichte spielt, welche Figuren darin vorkommen und wovon die Geschichte handeln soll.
Wechselt euch beim Aufschreiben ab!

Unsere Schreib-Idee: ______________________

____

Für wen schreibt ihr den Text? ______________________

Unsere Text-Planung:

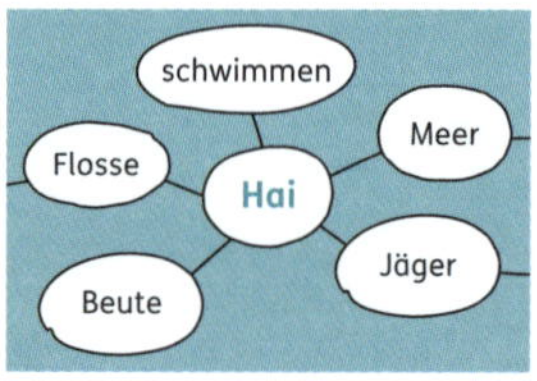

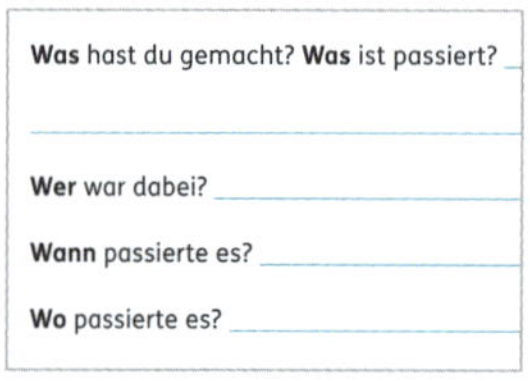

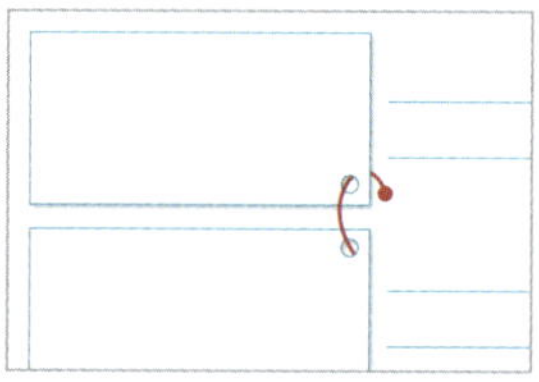

Datum: ______________________

Wenn ihr mit eurem Text zufrieden seid, kontrolliert die Rechtschreibung:

- .?! Satzzeichen — Habt ihr am Ende vom Satz ein Satzschlusszeichen gesetzt? ☐
- Satzanfang — Habt ihr alle Satzanfänge großgeschrieben? ☐
- N Nomen — Habt ihr alle Nomen großgeschrieben? ☐

Datum:

Stichworte sammeln

1. Wo soll deine Geschichte spielen? Beschreibe den Ort:

Beispiel:

Im Wald:
verzaubert, dicht ...

Im Zirkus:
groß, viele Tiere ...

2. Welche Figuren kommen in deiner Geschichte vor? Beschreibe die Figuren:

Beispiel:

Hugo, der Hund:
schlau, spricht ...

Bill, der Dieb:
kann gut klettern ...

3. Was passiert in deiner Geschichte?

Datum: ____________________

Wenn du mit deinem Text zufrieden bist,
kontrolliere die Rechtschreibung:

☐

☐

☐

Datum:

Wort-Felder

Oft wird ein Text besser, wenn man nicht immer die gleichen Wörter verwendet.
Für die Wörter **sehen**, **sagen** und **gehen** kann man zum Beispiel viel genauere Ausdrücke verwenden.
Eine Wörter-Sammlung kann dir beim Schreiben und Überarbeiten helfen.

Sammle passende Wörter.

Wort-Feld **sehen**

beobachten, schauen,

Wort-Feld

Ein **Wort-Feld** ist eine Sammlung von Wörtern, die inhaltlich eng zusammengehören.
Wie zum Beispiel die Wörter **springen**, **hüpfen**, **hopsen**.

Wort-Feld **sagen**

flüstern, rufen, erklären,

Wort-Feld **gehen**

stolzieren, rennen,

Tipp!
Tauscht eure gesammelten Wörter in der Klasse aus.
Legt noch weitere gemeinsame Wörter-Sammlungen an.

Datum: ______________________

Zu einem Bild schreiben

Diese Wörter können dir beim Schreiben helfen.
Fallen dir noch weitere Wörter ein?

das Zauberbuch, der Kessel, stinken, brodeln, gruselig,

die Kristallkugel, der Zaubertrank, die Fledermaus,

____

____

Tipp!
So könnte deine Geschichte beginnen:

- Eines Tages wurde der König sehr krank. ...
- Runkelford war der böseste Zauberer aller Zeiten ...
- Rezept für einen Schrumpftrank: 2 EL Krötenschleim, ...

Schreibe eine Geschichte zum Bild.

Wenn du mit deinem Text zufrieden bist,
kontrolliere die Rechtschreibung:

.?! Satzzeichen ☐   Satzanfang ☐   Nomen ☐

Ein Brief

Hier siehst du, wie ein Brief aussehen kann.
Die blauen Kästchen zeigen, welche
Elemente im Brief enthalten sein müssen.
Die grünen Kästchen zeigen, welche
Elemente enthalten sein können.

Tipp!
Keine andere Person darf deinen Brief lesen. Das nennt man Briefgeheimnis.

Anrede

Ort und Datum → Berlin, den 13. 5. 2019

Liebe Kira,

sich erkundigen, wie es dem anderen geht

wie geht es Dir? Mir geht es gut!
Gestern war ich mit Thomas und Adil
beim Schwimmen. Wir haben eine Wasserschlacht
gemacht. Nach dem Schwimmen haben wir uns
noch Pommes geholt.

sich bedanken → Vielen Dank für das Päckchen mit dem Buch!
Ich habe schon das erste Kapitel gelesen und
finde es sehr spannend. Hast Du das Buch auch
schon gelesen?
Die Schokolade hat sehr lecker geschmeckt!!
Ich hoffe, wir sehen uns bald wieder!

Gruß → Viele Grüße
Dein Timo

Hier kommt die Briefmarke hin. Wie viel dein Brief kostet und welche Briefmarke du brauchst, erfährst du beim Postamt.

Abs: ← Der Absender ist die Person, die den Brief wegschickt.
Timo Koch
Liststr. 20a
11223 Berlin

Der Empfänger ist die Person, die den Brief bekommt. → Kira Meister
Friedensallee 13
30134 Friedrichsdorf

Schreibe einen Brief. Denke an die blauen Kästchen.

Datum: ____________

Markiere deine beste Geschichte mit einem Stern. Sie heißt:

____

1. Wähle zwei Kinder für deine Schreibkonferenz aus.
2. Lies deinen Text den Kindern vor.
3. Sprecht über den Text:
   - Steht alles Wichtige im Text, sodass man ihn gut verstehen kann?
   - Kann man sich gut vorstellen, was in der Geschichte passiert?

Das gefällt uns an deiner Geschichte:

____

____

Diesen Tipp haben wir noch für dich:

____

____

____________________ ____________________

Unterschrift Kind 1 Unterschrift Kind 2

4. Jetzt kannst du deinen Text überarbeiten.
   STOPP! Deine Lehrerin/dein Lehrer kontrolliert, ob du alles richtig geschrieben hast.
5. Schreibe deinen Text ab.
6. Präsentiere deinen Text der Klasse.

Unterschrift der Lehrkraft

Das kann ich.

	Kreuze an:	Für die Lehrkraft:
Ich kann zu jedem Wort mehrere passende Buchstaben finden und aufschreiben.	☺ 😐 ☹	✓ →
Ich kann für jede Silbe  einen roten Buchstaben aufschreiben.	☺ 😐 ☹	✓ →
Ich kann Wörter mit den Endungen -EN, -EL und -ER aufschreiben.	☺ 😐 ☹	✓ →
Ich kann fast alle Wörter so schreiben, wie sie klingen.	☺ 😐 ☹	✓ →
Ich kenne besondere Schreibungen (z. B. Ä, Ö, Ü, EI, EU, AU, SCH, CH, SP, ST).	☺ 😐 ☹	✓ →
Ich kann viele Wörter ganz richtig schreiben.	☺ 😐 ☹	✓ →
Ich schreibe ganze Sätze.	☺ 😐 ☹	✓ →
Ich lasse Lücken zwischen den Wörtern.	☺ 😐 ☹	✓ →
Ich benutze auch kleine Buchstaben.	☺ 😐 ☹	✓ →
Ich schreibe den Satzanfang groß und mache am Ende des Satzes einen Punkt.	☺ 😐 ☹	✓ →

Das kann ich.

	Kreuze an:	Für die Lehrkraft:
Ich kann mir zu Bildern Geschichten ausdenken.	☺ 😐 ☹	✓ →
Ich habe eigene Schreib-Ideen.	☺ 😐 ☹	✓ →
Ich kann mir eine passende Überschrift ausdenken.	☺ 😐 ☹	✓ →
Ich kann Texte planen.	☺ 😐 ☹	✓ →
Ich kann interessante Texte schreiben.	☺ 😐 ☹	✓ →
Ich kann anderen Kindern Tipps zu ihren Texten geben.	☺ 😐 ☹	✓ →
Ich kann Tipps anderer Kinder nutzen.	☺ 😐 ☹	✓ →
Ich kann meine Texte überarbeiten.	☺ 😐 ☹	✓ →
Ich kann meine Texte in eine schöne Form bringen.	☺ 😐 ☹	✓ →
Ich kann anderen meine Texte vorstellen.	☺ 😐 ☹	✓ →

Unsere Vereinbarungen

UNSERE VEREINBARUNG AM:	ERLEDIGT AM:
	Datum

UNSERE VEREINBARUNG AM:	ERLEDIGT AM:
	Datum

UNSERE VEREINBARUNG AM:	ERLEDIGT AM:
	Datum

UNSERE VEREINBARUNG AM:	ERLEDIGT AM:
	Datum

UNSERE VEREINBARUNG AM:	ERLEDIGT AM:
	Datum